Se eu pudesse
viver minha vida
novamente...

RUBEM ALVES

Se eu pudesse viver minha vida novamente...

Textos selecionados

2ª edição

EDIÇÕES BestBolso   pegue & leve

RIO DE JANEIRO – 2013

CIP-BRASIL. CATALOGAÇÃO NA FONTE
SINDICATO NACIONAL DOS EDITORES DE LIVROS, RJ

Alves, Rubem, 1933-
A477s Se eu pudesse viver minha vida novamente / Rubem
2ª ed. Alves. – 2ª edição – Rio de Janeiro, 2013.
10 × 15 cm (Pegue & Leve)

ISBN 978-85-8103-037-1

1. Alves, Rubem, 1933-. 2. Escritores brasileiros - Biografia.
I. Título. II. Série.

12-9070 CDD: 869.98
CDU: 821.134.3(81)-94

Se eu pudesse viver minha vida novamente, de autoria de Rubem Alves.
Segunda edição Pegue & Leve impressa em outubro de 2013.

A coleção Pegue & Leve é uma parceria entre Saraiva e Grupo Editorial Record.

Comitê do projeto: Daniel Louzada, Frederico Indiani, Roberta Machado e Silvia Leitão.

Organização: Raïssa Castro.

Design de capa: Adaptação de Mari Taboada da capa publicada pela Editora Verus (Campinas, 2006).

Projeto gráfico de miolo e diagramação: Equipe interna do Grupo Editorial Record.

Equipe editorial BestBolso: Cristhiane Ruiz, Suelen Lopes e Flora Pinheiro.

Direitos exclusivos de publicação em língua portuguesa para o Brasil em formato bolso adquiridos pela Editora Best Seller Ltda. Rua Argentina 171 – 20921-380 – Rio de Janeiro, RJ – Tel.: 2585-2000.

Impresso no Brasil

ISBN 978-85-8103-037-1

Tudo o que você precisa

A Saraiva e a editora BestBolso criaram uma coleção para todos os seus momentos. Prática, útil e divertida, Pegue & Leve combina motivação, espiritualidade e informações fundamentais para a sua carreira e dia a dia. Escritos por especialistas, seus livros contam com textos integrais que vão da autoajuda à psicologia, do estilo aos negócios, do humor à educação.

Inspire-se, renove-se e cresça com Pegue & Leve. Qualidade de vida que cabe no seu bolso.

Tudo o que você precisa. Pegue & Leve Saraiva.

Instantes

Se eu pudesse viver novamente a minha vida,
na próxima trataria de cometer mais erros.
Não tentaria ser tão perfeito, relaxaria mais.
Seria mais tolo ainda do que tenho sido;
na verdade, bem poucas coisas levaria a sério.
Seria menos higiênico. Correria mais riscos,
viajaria mais, contemplaria mais entardeceres,
subiria mais montanhas, nadaria mais rios.
Iria a mais lugares aonde nunca fui,
tomaria mais sorvete e menos lentilha,
teria mais problemas reais e menos imaginários.

Eu fui uma dessas pessoas que viveu
sensata e produtivamente cada minuto da sua
[vida.
Claro que tive momentos de alegria.
Mas, se pudesse voltar a viver,
trataria de ser somente bons momentos.
Porque, se não sabem, disso é feita a vida,
só de momentos;
não percam o agora.
Eu era um daqueles que nunca ia a parte
[alguma
sem um termômetro, uma bolsa de água
[quente,
um guarda chuva e um paraquedas;
se voltasse a viver, viajaria mais leve.
Se eu pudesse voltar a viver,
começaria a andar descalço no começo da
[primavera
e continuaria assim até o fim do outono.
Daria mais voltas na minha rua,

contemplaria mais amanheceres
e brincaria com mais crianças,
se tivesse outra vez uma vida pela frente.
Mas, já viram, tenho 85 anos
e sei que estou morrendo.*

---

*Autoria discutível. Poema atribuído ora a Jorge Luis Borges, ora a Nadine Stair.

Se eu pudesse viver minha vida novamente, eu quereria vivê-la do jeito mesmo como a vivi, com seus desenganos, fracassos e equívocos. Doidice? Imaginem que eu estivesse infeliz. Teria então todas as razões para voltar atrás e tentar consertar os lugares onde errei. Mas não estou infeliz. Vivo um crepúsculo bonito, com a suíte nº 1 de Bach para violoncelo. Se houve sofrimentos no caminho, imagino que, se não os tivesse tido, talvez a suíte nº 1 de Bach não estivesse sendo ouvida. Estou onde estou pelos caminhos e descaminhos que percorri.

Eu estou onde estou porque todos os meus planos deram errado.

Isso é absolutamente verdadeiro. As pontes que construí para chegar aonde queria ruíram uma após a outra. Fui então obrigado a procurar caminhos não pensados. E aconteceu, por vezes, que nem mesmo segui, por vontade própria, os caminhos alternativos à minha frente. Escorreguei. A vida me empurrou. Fui literalmente obrigado a fazer o que não queria.

Sofri a dor da solidão e da rejeição. Mas foi esse espaço de solidão na minha alma que me fez pensar coisas que de outra forma eu não teria pensado.

Plantei árvores, tive filhos, escrevi livros, tenho muitos amigos e, sobretudo, gosto de brincar. Que mais posso desejar? Se eu pudesse viver minha vida novamente, eu a viveria como a vivi porque estou feliz onde estou.

Li que na antiga tradição samurai, quando um guerreiro recebia a ordem de cometer o suicídio ritual chamado *sepuku*, antes do gesto final ele deveria escrever um haicai. Haicais são poemas mínimos nos quais a condensação poética é levada ao seu grau máximo. A morte exige brevidade de palavras, porque o tempo é curto. E, sendo curto o tempo, as palavras devem dizer o essencial.

Estou completando setenta anos. O tempo é curto. É preciso aprender a escrever haicais. É preciso dizer o essencial.

Minha infância foi uma infância feliz. Vivi anos de pobreza. Mas não tenho desses anos nem uma memória triste. As crianças ficam felizes com pouca coisa. Não era preciso dizer os nomes dos deuses nem eu os sabia. O sagrado aparecia, sem nome, no capim, nos pássaros, nos riachos, na chuva, nas árvores, nas nuvens, nos animais. Isso me dava alegria! Como no paraíso... No paraíso não havia templos. Deus andava pelo jardim, extasiado, dizendo: "Como é belo! Como é belo!" A beleza é a face visível de Deus. Menino, o mundo me era divino e sem deuses. Talvez seja essa a razão por que Jesus disse que era preciso que nos tornássemos crianças de novo, para ver o paraíso espalhado pela terra.

Inconscientemente nunca acreditei que Deus pudesse lançar uma alma ao inferno por toda a eternidade. É crueldade demais! Eu não admitiria que um homem fizesse isso. Como poderia admitir que Deus o fizesse? E também nunca fui atraído pelas propaladas delícias do céu. Para dizer a verdade, não conheço nem uma pessoa que esteja ansiosa por deixar as pequenas alegrias desta vida para gozar eternamente a felicidade celestial perfeita. As pessoas religiosas que conheço cuidam bem da saúde, caminham, fazem hidroginástica, controlam o colesterol, a pressão, a glicemia... Elas querem continuar por aqui. Não querem partir.

Esta alegria de viver me faz encontrar Deus a passear pelo jardim ao vento fresco da tarde. Como eu, Deus prefere as delícias deste mundo material às delícias espirituais do céu. É claro que, se ele estivesse feliz nos céus, não teria criado a terra. Pois Deus, segundo os teólogos, em virtude de sua perfeição, não pode criar o pior. Faz sempre o melhor. Assim, o paraíso tem de ser melhor que os céus que já havia... E Deus gostou tanto da terra e de seus jardins que resolveu para ela se mudar em definitivo e se encarnou eternamente... Deus ama a vida sobre a terra, mesmo com a terrível possibilidade de morrer. Porque a vida é bela a despeito de tudo. "A despeito de": é aí que moram os deuses. E os poetas.

O ato de ver é uma oração. O místico não se encontra no invisível. O místico se encontra no visível. O visível é o espelho onde Deus aparece refletido sob a forma de beleza. Deus é um esteta. Quem experimenta a beleza está em comunhão com o sagrado.

Creio que, dentro de todos, mora, adormecida, a nostalgia pela beleza.

Eu nunca imaginei que seria escritor. Não me preparei para isso. Conheço pouco da tradição literária. A literatura me chegou sem que eu esperasse, sem que eu preparasse o seu caminho. Chegou-me através de experiências de solidão e sofrimento. A solidão e o sofrimento me fizeram sensível à voz dos poetas. Decidi escrever para as pessoas comuns. E que outra maneira existe de se comunicar com as pessoas comuns senão simplesmente dizer as palavras que o amor escolhe?

Toda alma é uma música que se toca. Quis muito ser pianista. Fracassei. Não tinha talento. Mas descobri que posso fazer música com palavras. Assim, toco a minha música... Outras pessoas, ouvindo a minha música, podem sentir sua carne reverberando como um instrumento musical. Quando isso acontece, sei que não estou só. Se alguém, lendo o que escrevo, sente um movimento na alma, é porque somos iguais. A poesia revela a comunhão.

Não escrevo teologia. Como poderia escrever sobre Deus? O que faço é tentar pintar com palavras as minhas fantasias – imagens modeladas pelo desejo – diante do assombro que é a vida.

Se o Grande Mistério, vez por outra, faz ouvir a sua música nos interstícios silenciosos das minhas palavras, isso não é mérito meu. É graça.

Este é o mistério da literatura: a música que se faz ouvir, independentemente das intenções de quem escreve. É por isso que poesia, como bem lembrou Guimarães Rosa, é essa irmã tão próxima da magia... Poesia é magia, feitiçaria... O feiticeiro é aquele que diz uma palavra e, pelo puro poder dessa palavra, sem o auxílio das mãos, o dito acontece. Deus é o feiticeiro-mor: falou e o universo foi criado. Os poetas são os aprendizes de feiticeiro. O desejo que move os poetas não é ensinar, esclarecer, interpretar. Essas são coisas da razão. O seu desejo é mágico: fazer soar de novo a melodia esquecida. Mas isso só acontece pelo poder do sangue do coração humano.

T.S. Eliot tem uns versos em que diz:

E ao final de nossas longas explorações,
chegaremos finalmente ao lugar de onde
partimos
e o conheceremos então pela primeira vez...

Somente na velhice nos reencontramos com a infância, com a nossa infância.

Creio que essas coisas que escrevo são uma tentativa de recuperar a felicidade perdida da minha infância. Agora, na velhice, experimento a alegria de ver muitas gaiolas vazias. E a alegria de ver os amigos que sorriem comigo, ao ver os pássaros em voo. Mas há uma tristeza. Sinto-me como Ravel, que, ao ver aproximar-se o fim, dizia, num lamento: "Mas há tantas músicas esperando ser escritas!"

A gente entende quando já sabia.

Criança não é meio para se chegar ao adulto. Criança é fim, o lugar aonde todo adulto deve chegar.

A alma anda para trás, navega ao sabor do suave sopro da saudade. Quer voltar ao seu passado.

A alma tem nostalgia das origens. Nas novidades ela se sente estranha, exilada.

Quanta saudade mora num carro de boi! Por isso esses fantasmas de um mundo que não mais existe gemem enquanto rodam.

A alma dos poetas está cheia de objetos decrépitos. E é por isso que fazem poesia, para trazê-los de novo à vida. A poesia opera ressurreições.

Foi isso que levou T. S. Eliot a escrever que, ao final de nossas longas andanças, chegamos finalmente ao lugar de onde partimos. E o vemos então pela primeira vez. Para isto caminhamos a vida inteira: para chegar ao lugar de onde partimos. E, quando chegamos, é a surpresa. É como se nunca o tivéssemos visto.

Agora, ao final de nossas andanças, nossos olhos são outros, olhos de velhice, de saudade. "Toda saudade é uma espécie de velhice", disse o Riobaldo. É por isso que os olhos dos velhos vão se enchendo de ausências. "Memória fraca", dizem os jovens. Engano: é que a sua alma sabe o que merece ser lembrado. Esquecem-se do que aconteceu ontem, mas se lembram do que aconteceu há muito tempo, como se fosse hoje.

As cores estão lá, no poente. Mas quem só vê as cores não vê nada. A beleza nostálgica do sol que se põe é uma dádiva dos olhos de quem a vê como quem vê pela última vez.

Os olhos dos poetas são sempre olhos que se despedem. Pois não foi isso que percebeu Rilke ao dizer: "Quem assim nos fascinou, para que tivéssemos esse olhar de despedida em tudo o que fazemos?"

As fantasias de infância são as memórias transfiguradas pela saudade.

A alma não sabe o que é o não existir. Aquilo que é sentido existe. A alma é um lugar assombrado onde moram as mais estranhas criaturas que, sem existirem, existem.

Afinal, todos somos crianças abandonadas. Nos momentos de solidão noturna, de insônia, tomamos consciência de que estamos destinados ao abandono, àquele tempo quando será inútil chamar "meu pai" ou "minha mãe".

Acumular é um dos mais profundos instintos da alma. Porque a alma ama. O amor deseja possuir.

O amor é onívoro – quer comer tudo. Comer é a forma mais radical de possuir. Comendo, o que estava fora e era outro passa a ser parte do meu próprio corpo. "Sou onívoro de sentimentos, de seres, de livros, de acontecimentos e lutas. Comeria toda a terra. Beberia todo o mar", dizia Neruda.

Eu ajuntei muitas coisas e estou sendo perturbado pela pergunta da parábola: "Para quem ficará tudo o que acumulaste?" Quando o que se acumulou se resume a bens e dinheiro, a resposta é fácil. Mas e as outras coisas que acumulei? Cada pessoa tem um tesouro que é único, só seu. No meu tesouro há uma quantidade enorme de coisas absolutamente inúteis, que não têm nenhum valor de mercado. Livros usados, alguns, os que mais amo, já caindo aos pedaços, de tanto amor que fizemos. Há os CDs – gosto particular meu. Quadros – o mais querido sendo *Mulher lendo uma carta* (sempre que falo sobre essa tela de Vermeer, quase choro). Livros de poesia, literatura, arte, jardins. Um peso de papel de vidro verde-claro.

Fotografias. Cartas. Memórias. Parece estranho, mas o fato é que memórias são também objetos que acumulamos. Estão guardadas no nosso tesouro.

Há memórias das quais me livraria com prazer. Seria preciso inventar uma técnica de faxina de memórias: uma vez por ano, limpeza das memórias que fazem sofrer. Mas há as memórias que amo. Curioso: nenhuma delas é sobre acontecimentos importantes. São memórias-brinquedos: fico brincando com elas. E isso me faz feliz.

Quando eu morrer, minhas memórias vão se perder. Mas não quero que se percam. Tenho de dá-las para alguém que tome conta delas. Aí me vem a aflição por escrever. Quando escrevo, estou lutando contra a morte. A morte das coisas que o meu amor ajuntou e que vão se perder quando eu morrer.

O que a gente acumula é parte da gente – porque somente o amado é acumulado. Como disse, tudo é fácil quando o que se acumula se resume a dinheiro. Quem só acumulou dinheiro é porque só amou dinheiro. A coisa se complica quando o que se ajuntou foram ovelhas. É preciso encontrar alguém que as ame, que tenha alma de pastor, que as chame pelo nome, que as conduza por pastos verdes e fontes de águas frescas, as defenda dos lobos e as acaricie ao fim da tarde.

Mas o fato é que não é possível acumular coisa alguma. O acumular é uma ilusão. Por isso Deus chamou o rico de insensato. Uma outra versão diz: "louco", alguém que perdeu o juízo. Quem pensa que acumula é doido.

Natal era isto: evento do país dos sonhos, aparição noturna e onírica – só acontece no meio escuro da noite, quando o coração deseja muito. E a gente punha os sapatos vazios ao lado da cama.

Não é precisamente isso que é o desejo? Um vazio, durante o sono, que se oferece como um pedido e esperança?

Os natais de hoje ficaram diferentes. Há um ar triste de nostalgia, saudade indefinida, não se sabe de quê. E, se o Riobaldo está certo, é que ficamos velhos, porque toda saudade é uma espécie de velhice.

Natal é triste porque se tenta pegar uma coisa que não volta mais. É (quase) luto, procura do que se perdeu... Tanto é assim que nele não se admitem coisas novas. As canções têm que ser as mesmas, pois é nelas que moram as memórias. E também os bolos e as frutas, nossos amigos de infância: sacramentos de uma meninice que se foi. E se fazemos tanta festa não é porque estejamos alegres. É para espantar a tristeza...

Já não sabemos o nome da nossa verdade. Daí a nostalgia sem remédio. Seria preciso recordar os primeiros relatos, que nos vêm de tempos imemoriais...

Um desejo esperado pode ser sonhado pela humanidade inteira, não conhece nem tempo nem espaço. Mas um fato está condenado a se perder na distância e no tempo.

Nesta nostalgia imensa que não nos abandona moram os nossos desejos mais antigos, esquecidos. Daí a dor da saudade: desejar, sem se saber o que se deseja, um sapato vazio, sem nenhum pedido, Papai Noel que não vem...

As criancinhas ainda não experimentaram o fascínio diabólico do poder pelo poder e participam ainda da bem-aventurança paradisíaca em que o poder só tem sentido se produzir objetos de prazer. Criança é isto: desejo de prazer, corpo entregue ao brinquedo, atividade que é um fim em si mesmo, pela pura alegria que produz.

Na linguagem dos sonhos: é preciso que os adultos se transformem em crianças. Na linguagem psicanalítica: o princípio da realidade tem de se subordinar ao princípio do prazer. Ou na linguagem da política: o fim do poder é o prazer.

Não vivemos para ser úteis. Dizem os textos sagrados que Deus trabalhou seis dias para plantar um jardim. Terminado o trabalho, já não havia nada mais para ser feito. E foi justamente então que Deus sentiu a maior alegria. Terminado o tempo do trabalho, chegara o tempo do desfrute. E o Criador se transformou em amante: entregou-se ao gozo de tudo o que fizera. Com as mãos pendidas (pois tudo o que devia ser feito já havia sido feito), seus olhos se abriram mais. Olhou para tudo e viu que era lindo. Pôs-se a passear pelo jardim, gozando as delícias do vento fresco da tarde. E, embora os poemas nada digam a respeito, imagino que o Criador tenha também se deleitado com o gosto bom dos frutos e com o perfume das flores – pois que razões teria ele para criar coisas tão boas se não sentisse nelas prazer?

A nossa vida começa justamente com o advento da inutilidade. Pois o momento da inutilidade marca o início da vida de gozo. Nada mais preciso fazer. Travei as batalhas que tinha de travar. Nada devo a ninguém. Estou livre agora para me entregar ao deleite.

E você me pergunta, então, onde está a escola em que se ensina a sabedoria esquecida... Não, não há escolas para isso. Todas as escolas só nos ensinam a ser ferramentas. Será preciso que você procure mestres que ainda não foram enfeitiçados por elas. Você deve procurar as crianças. Somente elas têm o poder para quebrar o feitiço que o está matando ainda em vida.

As almas dos velhos e das crianças brincam no mesmo tempo. As crianças ainda sabem aquilo que os velhos esqueceram e têm de aprender de novo: que a vida é brinquedo que para nada serve, a não ser para a alegria!

Entregue-se, sem vergonha e sem sentimentos de culpa, às delícias do ócio. Aprenda a andar sem ter de chegar a lugar algum, simplesmente gozando o mundo que nos cerca! Faça o fantástico turismo gratuito dos livros. Você irá a tempos e lugares aonde avião algum pode chegar. Há também o mundo maravilhoso da música. Lembro-me do senhor Américo, que nos seus 85 anos descobriu a beleza da música clássica e a ela se entregou até a morte, como se ela fosse uma amante.

Leia estas palavras de Hokusai, pintor japonês (1760-1849), escritas depois dos setenta anos:

> Desde os seis anos tenho mania de desenhar a forma das coisas. Aos cinquenta anos publiquei uma infinidade de desenhos. Mas tudo o que produzi antes dos setenta não é digno de ser levado em conta. Aos setenta e três anos aprendi um pouco sobre a verdadeira estrutura da natureza dos animais, plantas, pássaros, peixes e insetos. Com certeza, quando tiver oitenta anos, terei realizado mais progressos, aos noventa penetrarei no mistério das coisas, aos cem, por

certo, terei atingido uma fase maravilhosa e, quando tiver cento e dez anos, qualquer coisa que fizer, seja um ponto, seja uma linha, terá vida.

Vamos! A vida é bela. Pare de namorar a morte! Beba a taça até o fim!

E, no entanto, é isto que nós somos, sem que tenhamos coragem para dizê-lo: um adeus.

É por isso que precisamos dos poetas. Pois eles são aqueles que tecem as suas palavras em volta do frágil fio que nos amarra sobre o abismo. Eles sabem que nos nossos corpos mora um adeus. Como dizia a Cecília Meireles: "Tudo em ti era uma ausência que se demorava: uma despedida pronta a cumprir-se".

De repente, sem nenhum anúncio.

Eu gostaria que uma graça me fosse concedida: poder preparar o fim da minha vida como um compositor termina a sua sonata – para deixá-la perfeita e completa, como herança àqueles a quem amo, obra de arte acabada e bela.

Meus sentimentos mudaram. A morte não mais me causa medo. O que ela me dá é uma imensa tristeza. Muitos, muitos anos atrás, quando minha filha Raquel não tinha mais que três anos – eu ainda estava dormindo –, ela me acordou com uma pergunta que eu nunca ouvira, uma pergunta de tal densidade poético-metafísica que tive a impressão de estar ouvindo uma voz vinda de séculos de sabedoria e não de uma menininha que começava a viver: "Papai, quando você morrer, você vai sentir saudades?" Ante o meu espanto sem palavras, ela acrescentou: "Mas não chore não. Eu vou te abraçar..." Ela entendera que a dor da morte não é a dor do medo. É a dor da saudade.

Ah! A vida é bela! O mundo é belo! É por isso que toda despedida é triste. E é isto que eu sinto: que a morte é uma saudade sem remédio.

Desta distância onde estou quero lhe dizer isto: você faz parte da maravilha do mundo. É preciso que você fique, para que a saudade seja, pelo menos, adiada. Pois isto é o máximo que podemos fazer: adiar a saudade. Mais cedo ou mais tarde "se romperá o fio de prata, e se despedaçará o copo de ouro, e se quebrará o cântaro junto à fonte" (Eclesiastes 12,6).

E, quando isso acontecer, só nos restará fazer a mais inútil de todas as coisas: chorar...

Até lá, celebraremos a vida.

Bachelard, na sua meditação sobre *A chama de uma vela*, observou que há cantos do nosso psiquismo que só suportam uma luz bruxuleante. Uma pessoa diante da luz fluorescente não é a mesma diante de uma vela que queima na escuridão. Disso sabem os amantes, e é por isso que escolhem jantar à luz das velas.

O tempo passou e chegou a hora de reacender a minha vida. E não é possível fazer isso sem pensar aqueles pensamentos que só se mostram quando a luz bruxuleante se acende. Que pensamentos pensarei? Acho que vou meditar sobre o meu testamento. É uma ideia da qual não se pode fugir, quando se dá conta de que a cera que resta é muito menos que a cera que já se queimou.

O testamento é o que restou, depois de feitas todas as somas e subtrações. É aquilo que se passa às mãos dos que continuarão a viver depois de nós, com um pedido: "Por favor, na minha ausência, não se esqueça de regar a minha planta..."

A distribuição de propriedades e objetos é coisa simples – basta que se escreva um testamento. Mas aquilo que eu realmente desejo dar para os meus filhos não pode ser dado. É coisa que só pode ser semeada, na esperança de que venha a crescer.

No fundo o que se deseja é a imortalidade: continuar vivos naqueles que comem o que lhes oferecemos como herança.

E é isto que desejo deixar aos meus filhos como herança: a imagem da vela que queima na solidão silenciosa, sem se deixar perturbar pela loucura barulhenta e apressada dos homens de ação e sucesso; sob a luz da vela, no gozo da tranquilidade solitária, acordar o poeta que dorme em nós. O que não é garantia de felicidade. Mas é garantia de beleza e de serenidade. E que mais pode alguém desejar receber como herança?

Minha máquina do tempo é feita com memória e palavras. Entrando na memória, eu voo para o passado. Escrevendo as minhas memórias, eu levo outros a voar comigo.

Um passado que se compartilha é um sacramento de solidariedade.

Quem se lembra do passado com emoção nunca sentirá tédio no presente.

A velhice é quando se sai em busca do tempo perdido... Escrevo para tranquilizar a saudade. Ao escrever, vivo de novo a infância que vivi. Mas nem sei se vivi... Não sei se a infância da minha memória é a infância acontecida ou um devaneio poético, a infância que eu gostaria de ter vivido. Talvez ao escrever, eu, velho, esteja vivendo agora o que nunca vivi... Sonhar é uma forma de viver.

Parafraseando Alberto Caeiro, digo que as crianças são de novo nascidas a cada momento para a eterna novidade do mundo: mundo sempre novo, diferente, surpreendente, fantástico, assombroso, incrível, desafiante. "Decifra-me ou te devoro!" E as crianças, como Édipo diante do desafio da Esfinge, se põem a decifrar o mundo...

Meu pai era uma criança. As crianças verdadeiramente crianças ficam felizes por pouca coisa. E isso porque elas possuem o poder mágico de transformar aquilo que é nada em algo que é muito. Pelo poder da imaginação um cabo de vassoura se transforma num cavalo e uma caixa de sapatos vazia amarrada a um barbante é um carrinho. Pois assim era o meu pai: ele sabia transformar nadas em coisas boas.

Pena que a vida seja tão curta. Há tantas coisas bonitas para serem vistas! Acho que a noite estava chegando quando Robert Frost escreveu:

> Os bosques são belos, sombrios, fundos.
> Mas há muitas milhas a andar e muitas
> promessas a guardar
> antes de se poder dormir,
> sim, antes de se poder dormir.

A dor se encontra nesta palavrinha *mas*. Sim, os bosques são belos, cheios de mistérios... Convidam. O poeta ouve a sua voz. *Mas* não aceita o convite. E explica: "Não posso. É crepúsculo. A noite se aproxima. Há urgências que me chamam: milhas a andar, promessas a guardar, antes de se poder dormir". Antes de se poder dormir? Aquela cena será uma metáfora da vida que chega ao fim, como o dia? E o *dormir* – será a morte? É preciso caminhar rápido. O tempo é breve. Não há tempo para atender a todos os convites da beleza à beira do caminho. A vida é breve. Que pena... Ravel se lamentava: "Há tantas músicas a serem escritas..." Eu acrescento: Há tantos poemas a serem lidos!

Os desencontros da vida fizeram com que eu só descobrisse a poesia ao entardecer. Quantos poemas eu não li!

Releio o capítulo "Os devaneios voltados para a infância" do maravilhoso livro *A poética do devaneio*, de Bachelard. Ah! Como os terapeutas e os educadores ficariam mais sábios se lessem esse texto maravilhoso. Compreenderiam melhor as crianças se se entregassem aos seus próprios devaneios de criança! São tantos os poetas que Bachelard cita e que desconheço! Bem que gostaria de ter tempo para conhecê-los. Mas não posso. Já anoitece.

Eu nunca havia ouvido este nome *Henri Bosco*. Mas agora, depois de ler dois pequenos fragmentos, eu já o amo. Porque ele põe palavras nos meus sentimentos. Falando sobre sua infância, ele diz: "Eu retinha com uma memória imaginária toda uma infância que ainda não conhecia e que, no entanto, reconhecia!" Para se conhecer a alma de uma criança, é preciso abandonar a memória biográfica e entrar na imaginação, aquilo que nunca foi. Como é isso, não conhecer e, no entanto, re-conhecer? Os poetas sabem que é assim. Na mais bela declaração de amor jamais escrita, Fernando Pessoa diz:

> Quando te vi, amei-te já muito antes.
> Tornei a achar-te quando te encontrei.

"Sim, meu amor por ti já estava em mim, antes que te conhecesse. Então, eu te conhecia sem o saber! Agora, que te encontrei, reconheci o rosto que eu já amava sem saber. Tu, minha amada, já existias em mim desde antes do começo dos mundos!"

A amada morava no amante numa memória anterior à história.

Assim são as memórias da infância. Elas são anteriores à infância real. São fantasias felizes.

É preciso esquecer os fatos para que as essências apareçam.

Quero revisitar o meu passado para contar... Mas percebi que a minha memória, nesse esforço, não me contava uma *história*, uma série ordenada de eventos acontecidos que poderiam até se transformar numa biografia. Pois não é isso que é uma biografia? Um relato de coisas acontecidas? Ah! Como o Riobaldo era sábio. "Contar é muito dificultoso."

Talvez a melhor coisa fosse contar a infância não como um filme em que a vida acontece no tempo, uma coisa depois da outra, na ordem certa, sendo essa conexão que lhe dá sentido, princípio, meio e fim, mas como um álbum de retratos, cada um completo em si mesmo, cada um contendo o sentido inteiro. Talvez seja esse o jeito de se escrever sobre a alma em cuja memória se encontram as coisas eternas, que permanecem...

Há tristezas de dois tipos. Primeiro, são as tristezas diurnas, quando o mundo está iluminado pelo sol. Tristezas para as quais há razões. Quem não sente essas tristezas está doente e precisaria de terapia para aprender a ficar triste. Tristeza é parte da vida. Ela é a reação natural da alma diante da perda de algo que se ama. O mundo está luminoso e claro – mas há algo, uma perda, que faz tudo ficar triste.

Segundo, são as tristezas de crepúsculo. O crepúsculo é triste, naturalmente. Não, não há perda nenhuma. Tudo está certo. Não há razões para ficar triste. A despeito disso, no crepúsculo a gente fica. Talvez porque o crepúsculo seja uma metáfora do que é a vida: a beleza efêmera das cores que vão mergulhando no escuro da noite.

A alma é um cenário. Por vezes, ela é como uma manhã brilhante e fresca, inundada de alegria. Por vezes ela é como um pôr de sol, triste e nostálgico.

A vida é assim. Se é manhã brilhante o tempo todo, alguma coisa está errada. Tristeza é preciso. A tristeza torna as pessoas mais ternas. Se é crepúsculo o tempo todo, alguma coisa não está bem. Alegria é preciso. Alegria é a chama que dá vontade de viver.

Eu acho que essa tristeza crepuscular é mais que uma perturbação psicológica. Acho que ela tem a ver com a sensibilidade perante a dimensão trágica da vida. A vida é trágica porque tudo o que a gente ama vai mergulhando no rio do tempo.

A vida é feita de perdas. Fiquei comovido, dias atrás, vendo fotos dos meus filhos quando eles eram meninos. Aquele tempo passou. Aquela alegria mergulhou no rio do tempo. Não volta mais. Há, assim, um trágico que não está ligado a "eventos trágicos". Está ligado à realidade da própria vida. Tudo o que amamos, tudo o que é belo, passa.

Mas é precisamente desse sentimento que surge uma coisa maravilhosa, motivo de riqueza espiritual: a arte. Os artistas são feiticeiros que tentam paralisar o crepúsculo. Eternizar o efêmero. Todas as vezes que ouço aquela música ou leio aquele poema, o passado ressuscita. A beleza da arte nasce da tristeza. Se não houvesse tristeza, não haveria arte.

Mas há um limite. É preciso que a tristeza seja temperada com alegria. Tristeza, só, é muito perigoso. As pessoas começam a desejar morrer. Essa é a razão por que os deprimidos querem dormir o tempo todo. O dormir é uma morte reversível.

Quando a gente está com dor de cabeça, toma aspirina sem vergonha alguma. Quando a gente está com dor de alma, tristeza, algum remédio é preciso – para não querer morrer, para voltar a ter alegria.

Uma ajuda para a tristeza é conversar. Para isso é preciso ter alguém que escute, que entenda a tristeza. Muitas pessoas procuram terapia para isso: não porque sejam doentes mentais, mas porque precisam compartilhar sua tristeza com alguém que conheça a luz crepuscular.

Pense na vida como uma imensa roleta. Há probabilidades infinitas à nossa espera. Coisas boas, coisas más. De vez em quando acontece uma coisa boa. De vez em quando acontece uma coisa ruim. Quem é responsável? Ninguém. A roleta é cega. Não foi "Alguém", invisível, que fez com que a coisa ruim ou a coisa boa acontecesse. Foi um puro acidente – sem razões, sem explicações.

Viver é estar jogando roleta, sem fim. É sempre possível que algo terrível me aconteça. Se acontecer, eu sofrerei. Mas não culparei ninguém. Sofrerei sem revolta, sabendo que Deus é inocente.

Todo mundo diz que quer liberdade. É mentira. A liberdade traz muita confusão à cabeça. Melhores são as rotinas, que nos livram da maçada de ter que tomar decisões sobre o que fazer com a liberdade. Quem tem rotinas não precisa tomar decisões. A vida já está decidida.

Que mais bela experiência mística posso desejar? Eu e o universo em silenciosa harmonia... Que milagre ou aparição da Virgem pode se comparar a esse sentimento? Eu, infinitamente pequeno, grão de areia e, ao mesmo tempo, infinitamente grande, bebendo o universo com os olhos...

Todo mundo tem nostalgia por um outro lugar. Todo mundo gostaria de se mudar para um outro lugar mágico. Mas são poucos os que têm coragem de tentar.

A vida é assim. Seria bom se as alternativas com que nos defrontamos fossem sempre entre o certo e o errado, o bom e o mau. Seria fácil viver. Mas há situações que nos colocam diante de alternativas igualmente dolorosas e de resultado incerto.

Não dou conselhos quando o que está em jogo são situações existenciais. Posso dar conselhos sobre mecânicos, itinerários de viagem, cães, maneiras de fazer sopa e livros. Mas, quando o que está em jogo é a vida e a consciência de uma outra pessoa, a única coisa que é ético fazer é dar à outra pessoa tranquilidade e ajudá-la a ver com clareza, para que sua decisão não seja fruto de uma alma agitada e de pensamentos confusos.

Há pessoas que já têm respostas prontas. Elas acreditam em princípios fixos e os seguem. Se se acredita que toda vida – normal ou anormal – é resultado da vontade de Deus, não existe decisão a ser tomada porque a decisão já está tomada. Mas, se não se acredita nisso, se se acredita que as anomalias são acidentes que nada têm a ver com a vontade de Deus, encontramo-nos diante da encruzilhada terrível: é preciso decidir, sabendo que qualquer caminho será doloroso e sem segurança sobre o final.

Para ser honesto, esta é a condição geral da vida: nunca se sabe. "Se é bom ou se é mau, só o futuro o dirá."

Uma vez escrevi uma crônica sobre um amigo muito querido que morrera. Muitas pessoas ficaram tristes comigo pela morte do meu amigo. Mas uma delas me disse: "Choro, não pela morte do seu amigo. Choro porque sei que não chorarei como você chorou pela morte de nenhum dos meus amigos..."

A literatura e a poesia são as palavras que colocamos no Vazio – um gesto: no lugar da ausência, um ramo de hortênsia (Cassiano Ricardo)...

Os apaixonados felizes não podem produzir literatura por não estarem diante do Vazio. Estão diante do Pleno. E o Pleno não precisa de palavras. Parodiando o Chico: "Literatura é escrever uma carta para o amante que já morreu..." Literatura é sempre sobre o que não é. É um bruxedo para o retorno do que já foi.

A paixão é uma perturbação da tranquilidade da alma.

Primeira lição da psicanálise: se você quiser descobrir segredos, preste atenção nas coisas pequenas, aquelas que ninguém nota. É nelas que se revelam os segredos.

As nuvens me ensinaram minha primeira lição de filosofia. Elas me ensinaram a filosofia de Heráclito: "Tudo flui, nada permanece". "Sou e não sou no que estou sendo" (Cecília). Todo ser é um permanente deixar de ser. A vida acontece morrendo. Como o rio. Como a chama.

A vida é assim mesmo. É sempre possível deixar o barco atracado ou só navegar nas baías mansas. Aí não há perigo de naufrágio. Mas não há o prazer do calafrio e do desconhecido.

Segundo o taoismo, a vida é assim: somos pequenos barcos de velas brancas no mar desconhecido. Os remos são inúteis. A força dos elementos é maior que a nossa força.

A sabedoria suprema não é remar, mas não fazer nada, deixar-se levar pelo mar da vida que é mais forte.

Eu nunca consegui chegar a lugar algum usando remos. Sempre fui levado por uma força mais forte que a minha razão a praias com que nunca havia sonhado. Foi assim que me tornei escritor, porque o mar foi mais forte que o meu plano de viagem.

Sou psicanalista e vivo andando pelos caminhos da alma. E há uma pergunta para a qual não consigo encontrar resposta: Onde se encontram as fontes da alegria? Alguns acham que elas se encontram nas experiências infantis, que somos alegres ou tristes por causa das coisas que outros nos fizeram, quando éramos crianças. Eu não acredito nisso não. Acho que as fontes da alegria não se encontram no tempo. Acho que as fontes da alegria não são administradas pelo pai ou pela mãe. Minha suspeita é que elas se encontram na eternidade. A alegria é sempre inexplicável.

Não há razões para a alegria. Ela é uma fonte da eternidade que emerge no tempo.

Saudade é sentimento de quem ama e perdeu o objeto do amor. Quem não amou e não perdeu o objeto do amor não sente saudade.

Nostalgia: de repente, as coisas banais do cotidiano se abrem como portas, e somos levados a um outro mundo. Pode ser um perfume indefinível, pode ser uma fotografia que já vimos vezes sem conta, pode ser uma música vinda de longe... De repente experimentamos êxtase – estamos fora de nós mesmos, encantados –, somos transportados para um mundo que nem sabemos direito o que seja. Já estivemos lá. Não mais estamos. E vem a nostalgia. Quereríamos voltar. A alma sempre deseja voltar. O mundo das novidades é o mundo do seu exílio.

A cena do paraíso é uma cena maravilhosa e inspirou muitos artistas plásticos. Mas ela não me comove como a cena do presépio. Talvez porque no paraíso não houvesse crianças. Não existe nada mais comovente que uma criança adormecida. Quem contempla uma criança adormecida tem de ficar bom, tem de ficar manso. Uma criança adormecida não pede festas: pede silêncio e tranquilidade.

Dentro de nós existe um presépio. Na manjedoura, dorme uma criança. O nome dessa criança é o nosso nome. Dorme em nós o Menino-Deus.

O bom da literatura é que ela nos faz viajar por tempos e lugares aonde a gente nunca foi e nunca irá. Mesmo porque as coisas que existem na literatura não existem na realidade. A literatura tem os poderes dos deuses: ela faz existir coisas que nunca existiram e chama as coisas que não são como se fossem.

Antigamente, os médicos prescreviam viagens como remédio para a depressão. Imaginavam que, viajando para outros lugares, a depressão ficaria para trás. Mas a tristeza não desembarca. Viaja junto. Somos um baú cheio. Quando viajamos, o baú, com tudo o que está dentro, vai junto. Chegamos lá, abrimos o baú e nos pomos a representar a mesma comédia que representamos sempre.

A literatura faz possível viajar por dentro sem ter de sair do lugar. Minhas maiores viagens, eu as fiz pela leitura. E o que sou tem muito a ver com o que li. As viagens que fiz com carro e avião só valeram pela literatura que nelas aconteceu, enquanto viajava. Não que eu escrevesse livros. Acho difícil escrever fora do meu lugar. Para escrever, minha alma tem de se sentir em casa. Fiz literatura pensando, escrevi livros na imaginação que nunca escrevi no papel.

A vida é assim mesmo. Chega um momento em que a gente manda fazer uma canoa. Canoa de um só lugar. Bem que a gente queria a companhia de um filho. Não daria certo. Há de se remar sozinho. De longe os outros olham com um olhar de espantados, querendo saber das razões por que assim remamos, na solidão...

O filósofo grego Heráclito, apelidado de "o Obscuro", escreveu que tudo é rio, águas que passam e não voltam mais. A juventude é como aquelas barcas que, em tempos passados, navegavam o São Francisco subindo e descendo o rio. Vai muita gente junta, tudo é festa, todos gostam das mesmas músicas, todos dizem as mesmas coisas, todos dançam, todos se abraçam... Velhice é quando mandamos construir a canoa e começamos a remar sozinhos. Não por vontade, mas por precisão. Porque já não se entende o que os outros falam, já não se ri das graças por que todos riem, já não se caminha com a mesma firmeza – vai-se ficando para trás...

O amor deseja a eternidade da coisa amada. Acho que o padre Antônio Vieira deveria ter acabado de ouvir uma estória bonita quando escreveu: "Se os olhos veem com amor o que não é, tem de ser".

Por que rimos e choramos por aquilo que não existe, aquilo que é fantasia? A resposta é simples: choramos e rimos porque a alma é feita com o que não existe, coisa que só os artistas sabem. "Somos feitos da mesma matéria dos nossos sonhos", afirmava Shakespeare. Com o que concorda Manoel de Barros, rude poeta do Pantanal: "Tem mais presença em mim o que me falta". E Miguel de Unamuno:

> Recorda, pois, ou sonha, alma minha
> – a fantasia é tua substância eterna –
> o que não foi;
> com tuas figurações faze-te forte,
> que isso é viver, e o restante é morte.

A imaginação é a artista que transforma o sofrimento em beleza. E a beleza torna a dor suportável. Por isso escrevo estórias: para realizar a alquimia de transformar dor em flor. Minhas estórias são as minhas poções mágicas... Não há contraindicações nem é preciso receitas...

Este livro foi composto na tipologia
Minion Pro Regular, em corpo 13/18,1,
e impresso em papel off-set 70g/m² na Yangraf.